JN241361

永《なご》う
ぼちぼち
歩みましょ

佐名田 さな
SANADA Sana

文芸社

永《なご》うぼちぼち歩みましょ

◇◆◇

目次

自分への追悼文

佐名田さなの人生

永きに亘《わた》りありがとうございました。

本日は年末の、ましてお寒いなか、私のためにお出向きくださいましてありがとうございます。

私の百三十歳の誕生日は今日の葬儀となり、記念すべき命日となりました。

令和四年頃には「人生は百年」と聞き、その後、一挙に百三十年と謳《うた》われ、危惧の念はありましたが、案の定しっかり歩ませていただきました。

四十三歳から学んだ四柱推命学《しちゅうすいめいがく》、九星学《きゅうせいがく》を以《もっ》て、その時知り得た私自身の生命の永さに驚きはいたしましたが、過ぎ去ってみれば楽しく、嬉《うれ》しい日々でございました。

子供は男女一人ずつ、孫は男女二人ずつ、そしてひ孫も多く授かりまして、皆に囲まれて話す幸せな時間をたくさんいただきました。

まず、私の出生時は大変な大金持ちだったと聞いております。

そして高校時代、年長の生徒会長からプロポーズを受け、通学時の電車と校門までの約四十分、時折触れ合う肩と、弾む会話で、幸せ感に浸っておりました。

ただ彼は早くに事故で亡くなり、彼のお母さまから彼の「仏壇に手を合わせてやってほしい」の依頼に、私の母は、「仏壇の中から彼の両手が出て私を持って行かれては」と、きっぱりお断りした瞬時は、私の娘心は痛みました。

二十三歳で結婚。京都では建材、建築、不動産業を営み五十二年間、そして「心斎橋大学」に五十年間在籍させていただきました。

お酒が大好きな私は、生前「お供えにはお酒をね」と半ば冗談で話しておりましたが、皆さまからこんなにたくさんのご厚意を受け、感動しております。みんなあちらへ持参いたします。

三途《さんず》の川の船頭さんから、

「船が沈没するから置いて行け」と言われるのでしょうか。

「死後三日間、耳だけは聴こえているのだよ」と、親しいお坊さんから聞きました。どうぞ皆さまの懐かしいお声をお土産にさせてください。

亭主も待ちかねていることでございましょう。迎えに来てくれているかな、と多少の不安はありますが、行ってまいります。

本日は本当にありがとうございました。

パートナー

職場三十六年のパートナーである。

当時年齢は三十四歳、現在七十歳、私より九歳年下の大工で、彼はまず男前。

今では多少の翳《かげ》りを見せてはいるが、よい男である。

三十六年前、白いジーンズが脚にピタッと添い、笑顔は真っ白な歯が綺麗に並んでいた。

大工にしておくのはもったいない。「モデルだ」と思った。

しかし仕事をさせれば腕は光っている。木造、鉄骨造、鉄筋造とオールマイティー。細工は几帳面《きちょうめん》。大きな仕事から小さな仕事まで何でもできる。

指は太く、ほとんどの爪はつぶれている。トンカチで叩《たた》き、カッターで切り裂き、ノミでこそぎ、と幾多の難は功績に変わっているのであろう。

頭は切れて、できない仕事の類いはない。まさしく光った男であった。

職人仲間には、腕がものをいい、口数が少ないのも手伝って近寄り難い存在であったが。

職場では、朝早くから夜遅くまで一生懸命働き、心優しく施主さまのわがままな願いにもきちんと応え、見事に表現する。

社寺の建て替えには、広大な地での移転から新築に全力投球であった。

大きな唐《から》の屋根材、丸太にコツコツと刻みを入れる姿は、「艱難汝《かんなんなんじ》を玉にす」の喩えどおり大工冥利《みょうり》に尽きるとはいえ、日差しを遮る帽子の下のタオルからこぼれる汗に、我が身を守る姿はなく、ただ丸太を守る真っ白な綿布は、きちんと被せられて、また胸を打つ。

日本で知り合ったアメリカ人ご夫妻から、「彼が率いるメンバーを招待するので」とアメリカでの建築を依頼され続けている。また、地球上を四十回以上転居され、「終《つい》の住処《すみか》を日本で」とのご希望に添いお引き受けした、学者であるアメリカ人の施主さまは、彼の腕を大絶賛。「住まう人の心を打つ」と、メールをいただく。

台風のあとすぐ地震に見舞われた年があった。屋根は飛ぶ、ベランダは飛ぶ、トイはもちろん、雨漏れは随所で。

しかし彼が手がけた家からは、「さすがですな。何ともあらへん。嫁は近所が直しでいっぱいなので、我が家をくまなくチェックしたが、ビクともしていない」と伝えて来た。

そんな彼に二年前、言動のおかしさを知った。「変……」と思った。

彼は小脳梗塞という病名をもらってしまった。少しだけ以前のことが、もうわからない。今伝えたことも忘れてしまう。しかし大工の手先のおさめは確実だ。「どうして？　どうして？」と思うが、周囲の者も遠のいていく。寂しげに私のそばに来る。

私は、「いつまでもそばにいてあげるよ」と今は思う。

溢《あふ》れるほどたくさんの恩恵を受け、会社の歴史をつくってくれた貴方《あなた》を捨てることはできない。病気は奥さんも子供も認めている。

「弁当とけがは自分もち」の職人たちの通俗言葉が、いつ？　どうして？　と詰め寄ってこないのも苦しい。大工は特に危険と隣り合わせである。あの寒い冷たい日の足場からの事故だったかもしれないのに……。

幸せやんか……と呟《つぶや》いてみる……。

本人は少しずつ忘れながら、平穏な顔になってきている。

目は大きいが力がない。しかし笑顔からこぼれる白い歯は昔のままだ。

大きな倉庫の三階は、彼の作品でいっぱいになってきた。

社長は、〝いつでもこの場で好きな時間を過ごしてほしい〟と、与えてくれている。

大工道具は丁寧に磨かれ、いざ出動と待ち構えているようだ。どんな日どんな時間でも、作業後は冷たい水で刃物を研ぎ、仕上げを誇っていたのに……。

またある時は、数々の仕上げた写真に埋もれながら当時を思い出す、出来事を語り合う。その時に聞くことができていなかったことを、今頃しっかり伝えてくれる。

「楽しいなあ」と言う。

そんな言葉が出る彼であったのか。思いもよらない言葉にまた涙する。

もう、貴方の現場はないのに……。

「病気は進行していません。いろいろ頑張っているのですね」と医者に伝えられたと家族から報告を受ける。

「よかった」

「田舎へ帰ってお墓にも参ってきたい。次の現場に入ったら、またしばらく帰られへんので」

「ええっ？　わかりました」と送り出す。小脳梗塞、田舎へ置いてきてね、とも念じた。

そして彼だけの作業場に何気なく出向く。あんなに整えられていた大工道具は全くなく片づけられて、山積みになっていた作品には、差し上げてほしいと名前が記入。そして、

　仲間のみんなへ……ありがとう……

との手紙が。

……こちらこそ、たくさん、たくさん、ありがとう。

「生まれ変わっても『大工』」と言ってたね。

また、出会おう……ね。

香り――キセルのけむり

「私、煙草《たばこ》の匂い、嫌いじゃないの、お気遣いなくこちらへどうぞ」

遠慮がちに腰を下ろす男性たちに、いつも声をかけている。

どうしてだろう、私って……。

すうっと燻《くすぶ》る煙草の匂いにかけがえのない郷愁を感じ、かれこれ三十年になる。

世情は「禁煙、禁煙」と騒がしくなり、喫煙室が設置され、室内の空気は随分綺麗になった。

そんななか、煙草を吸った方が隣に腰を下ろされて、そっと香ってくる余韻を追っている自分に何度となく気づいては自分自身が驚いていた。

当時五歳から十歳だった私は、「おいで」と引き寄せられる父の両腕。大きなお船のように組んだ父のお膝へ素早く飛び込むと、一番の匂いは、喉元から香る煙草の匂いだった。愛されて止まなかった父を感じる私は、知らず知らずのうちに父の面影を追って……、

「どうぞ、煙草の匂い大好きなの」を繰り返している自分を知った。

父の膝の横には、赤茶けた箱があり、葉の種類で仕切られ、その種を選択してキセルに詰めるのである。父の親指と人差し指の先も赤茶けていた。私は父の手を持ち、「これっ」と選択した記憶がうっすらとある。

キセルは、長いものや短いものや大小さまざまで、キセルに詰めた葉を火鉢の中の火に近づけると引火、そして煙りだす……。

美味《おい》しそうに吸い込む父の喉仏は大きく揺らぎ、少しずつ鼻から煙が出て、私の頭、そして顔辺りを包んでいたように思う。きっと父の快楽の瞬時であったのだろう。

幾度となく香っていた私の脳裏には、私の十歳で去った父が、この香りを私に

残し、愛して止まない私の父への大きな面影に変わっていったのであろう……。

「今日はどの香りでいただきましょうね」とコーヒーを点てる私は、周りに尋ねる。嬉しいひと時である。

父の煙草の葉を選ぶ指は、私へ消えない記憶を残し、大きく息づいている。

父はいつも香りとともに私のそばにいる。

俺の人生

俺は今日、五十八歳になった。

中学校を卒業するや否や、家族の夢と俺自身の夢を精一杯に背負い、大工の修業に励んだ。

博多から高速艇で三十分以上かかる壱岐島に生まれて、子宝に恵まれなかった祖父母は事情のある養子を取り、そして嫁をもらい、待望の長男に恵まれた。それが俺である。

「一人前のことができずでは、世間さまに申し訳ない」と、祖父母は俺を含め五人の兄弟に生きる術を叩き込んでいた。

物心がついた時には、海まで水を汲みに行き畑に水をやっていた。米を研いでご飯を炊く。天気の良い日は、海に出て魚や貝を捕り、町の旅館に売りに行く。

学校の行き帰り、近くに新築される家を毎日見ることが楽しみだった。

「家の手伝いをせんと家ばっかり見とる」と父母は怒った。「きっと棟梁《とうりょう》になってみせる」と俺は密かに決めていた。

木造の家は、毎日五人くらいの大工が懸命に仕事に励んでいる。俺は家族から「邪魔をしたらいかん」と現場行きを遮られていたが、時には、「もう少し近くまで寄っておいで」と言ってくれる職人さんもいた。


そして卒業と同時に、島ではよく名の通っていた建築会社が俺を拾ってくれた。総勢十五名の所帯を持つ大工小屋は、手狭ではあったが、常に活気に満ちていた。

俺の仕事は見るだけ。だから「見習い」なのである。仕事といえば、先輩たちの道具の片づけ、掃除、食事の時のおかわりを引き受けることであった。

十四名が食事をする傍らで「おかわり」と差し出される茶碗《ちゃわん》にご飯を入れてい

くのである。自分の口にご飯を運ぶ間はない。しかし三度の食事を含め、夜間の学校行きも許された。

島から出ての建築も多く経験させてもらった。月に二回の休みは、一日中先輩たちの、ノミ研ぎだ。毎日が修業の日々である。

そして八年が過ぎ、「ネン明け」を迎えた。大工の技術に国家試験はないが、親方から受ける仕事を個人が責任をもって引き受けることが許されるのである。

俺は「京都へ行きたい」と申し出た。京都の建築は難しいと言われたが、「行かせてほしい」と懇願し、親方の元を離れた。生来向こう見ずの猪突猛進の俺を、危なっかしげに送り出してくれた。

「何もできよりませんが」と、親方は俺のために頭を下げてくれた。喜びが溢れて、必ず恩返しをすると強く心に誓った。

器用にこなす俺の仕事振りを見ていた大工が伝えてくれたのだろうか、「京都の伝統である社寺仏閣にも携わるように」と言ってくれた。

二十五歳で所帯を持った。順風満帆であり、感謝の日々であった。さらに、「美しい仕事を入念になさると聞いて」と注文が入る。俺は職人を十人抱えた。棟梁、親方と呼ばれると同時に、家では二人の子供の父親になっていた。

晴天のもと、三階建住宅の上棟日。長さ十メートルの檜《ひのき》の通し柱が二十本、管柱、垂木も山と積まれた。クレーンが大きく空を舞い、大工たちは翻るように各々を所定の「ホゾ」に叩き込んでいく。

その時だった。直径四十センチ、長さ七メートルにも及ぶ丸太をクレーンフックから掴《つか》み損ねた俺は、バランスを崩して十メートル下に真っ逆さまに落下した。

「えっ?」「ええっ?」「おっ、おおっ、親方?」「どうした?」

駆け寄る職人たちを退け、ただ、新築の『縁起』に関わると、驚く皆に平静を装い、痛む脚をタオルで縛り、そうっと車に乗り込み、片足運転でなんとか病院までたどり着いた。すぐさま院長ほかスタッフに抱えられ、手術室へと運ばれた。

まさか俺が——。全身打撲、大腿骨《だいたいこつ》複雑骨折。麻酔から目覚めた俺は、痛む全身に巻かれた包帯から、両腕があることは確認できた。そして両足に触れようとした。

「ない！」「左足が股下からない！」「どうした、どうしよう……」

俺は俺の脚を尚も探した。

「脚、脚、足、足、ないっ‼」

すべてがどん底である。

今までの俺は職人たちの生活を守り、家族を守る男一匹、俺は何でもできるぞの意気込みで自信満々だった。

「誰か、誰か、助けてくれっ‼」

心身ともに絶望だ。

月日は流れ、職人たちは一丸となり、俺を盛り立ててはくれたが、皆のお荷物になってはいけないと退けた。

苦渋の日々を過ごしていた時、一本の電話が鳴った。古い友人からである。

「博物館に、住宅に関するコーナーを設置しないか」

と俺に再生の機会を与えてくれた。子供たちと共に木に触れていきたいという目標が出来た。

「模型を作ろう、未来の家を」

「夢を木材の命と一緒に創造していこう」

と想いを馳《は》せる。

幸い手先はよく動く。これからである。

ありがとう今　そしてこれからのコト……を

神様、私たちは人生百三十年時代に突入いたしました。

大御神様《おおみかみ》が、ひとをこの世にお与えくださいまして、尊い命を大切にしながら歩みを重ね、不足の折も、足りている時も、前進あるのみと学び、歩んでまいりました。

知恵は際限なく泉の如く湧き、一九七〇年には、高度成長期と名付けられるほどに世相は一変し、今後も大きな歩みが期待されております。宇宙への散策も間近いことでしょう。

ただ、この辺りでお願いです。

人生五十年だった折には考えられなかったこと、目も歯も弱り、人工に頼るにはお金が多くかかります。

生を受けやっと乳歯、かわいい歯でママの乳首を思い切り噛《か》んだ記憶から、十歳頃には永久歯。ここでいただく歯で人生を最期まで賄うのです。医療も充実してまいりましたが、五十歳頃に衰えだす歯の下から、ピカッと新しい顔を見せてくれませんか？　我々は「第二永久歯」と呼ばせてもらい、それこそ甘いものなど控えて（？）大切に守ることでございましょう。

えっ、神様は私の願いを叶《かな》えてくださる？　って……。

では、厚かましく申し上げます。本当に強い肉体を頂戴していて感謝なのですが、人間って「さらに」の欲望が生まれます。強い肉体でも早くから老化が始まります。

「個人差あるよ」って、そりゃそうかもしれません。

このたび友人が股関節の手術を受けます。日本人の骨格は、華奢《きゃしゃ》で繊細だそうですね。外国人は、それぞれが大きく太くて強いとのこと。全世界統一でお願いしたいです。

昔から島国だった日本は、やはり遅れを感じています。風土、気候にも違いがあり、それらの特色からの脱皮は難しいものがあるかもしれませんね。

では、パーツからお願いします。目が老眼になる時期を、少なくとも三十年遅らせてください。

耳の聞こえが悪くなる時期も、目と同じにお願いしたいです。

脚はまた大切なのです。軟骨が長持ちできますよう、成分の配慮をお願いしておきます。

まだあるのですが……。

もうお願いが多すぎて書けないよ、って。

神様、ごめんなさい。五体満足でいながら、そしてパラリンピックで頑張る友人もいながら、私は何から何まで努力せず、ただ与えていただいた少なさに文句を言う人間なのです。恥ずかしいですが……。

母から教わりました。

目は大きくて色白で、
小さい口元愛らしい。

女性の象徴の表現らしい。
どれにも匹敵せずの反抗でありましょう。

「感謝」という言葉と文字。知っているのに、大好きなのに、お願いばかりしてしまいました。

ただ、より良くしたい、の願望と向上心（？）はわかってください。

神様、いつも守ってくださってありがとうございます。地球が平穏で人類が難少なく歩めることが大切です。

少子化も考えものです。現在生きている者が、少子化を生み出しているのに気づかず、バツを謳う。へんですよね。

とはいえ神様、今回のコロナからオミクロン株の流行は、いかがなものでしょうか。神様のお腹立ち……地上では大変な騒ぎです。

神様のなさること、何か訳がおありなのでしょうが。

明治生まれの母から聞いております。以前は、スペイン風邪で多くの方が亡くなられたと……その前はコレラだったと……。

今回のウイルス抑制はマスクと消毒。寒い日は良いけれど、夏は汗でくしゃくしゃでしたよ。

でも神様は、何か大きな目的をもって我々を支配されておられることでしょうし、準じてまいります。

が、まさか「人間一揆」をお考えではないでしょうね。

神様、「今」いただいております肉体に、翼をつけての出生を希望いたします。

太陽、月、地球、宇宙と上手《うま》く司《つかさど》り、可能なら、地球上を二層にとお願いしたいところではありますが、私は今、人間代表で選ばれております。

多くの友人が連名を申し出てまいりましたが、七十歳からの者たちで、かなり傷みの箇所の多い男女です。昔は賢く何事にも響き、生を受けたことを喜び、我が子を抱くことへの感謝は人一倍、しかしながら今回の神様へのお願いを再び希望しております。

私は三か月に一度の割合で転びます。この前は病院の廊下で胸から飛び込みました。さすが手早い処置で、事なきを得ました。今日は国道の縁石で……。いただく翼が年金資格取得時より使用可能なら、現在の道路の混雑が軽減され、運転手さまたちの神経の緊張緩和にも多少は繋がりそうです。

医療の発達が、神様とのタイアップでかなり保たれ、美しい地球となってまいりますにつれ、私のような者でも永く健康で、美しくありたい。

足が痛いという前に、翼利用ができたなら、現世の顔美人へのコンプレックスは翼美人に変換され、生誕百三十年に感謝し、人生を全う……「人間代表に選んでよかったよ」と、多くの方に支持していただけそう……。

よろしくお願いいたします、神様。

二合徳利

冬の日の夕暮れは早い。

寒い日の一人歩きに、疲れていた。

「え、ええっ、ここ居酒屋さん？　おしゃれやな」

やっと見つけた食べ物屋さん。お腹はぺこぺこだ。少し躊躇《ちゅうちょ》する私の気配を察したように「どうぞ!!」と中からの大きな声で導かれた。

「いらっしゃい」

まず、満面笑顔のオーナーさん？　に、ほっこりです。

カウンターの奥行きは六十センチ以上、そしてオーナーの立つ調理台は、そのまま平滑にのびて、きっと地場のものであろう野菜が丁寧に盛られていた。

「ああ寒かった、とりあえず熱燗《あつかん》を下さい」

「はい」

すぐさま用意してくれたのは、私の好きな二合徳利。立派な器と耐熱グラス。なんとも言えない素敵さです。

「お腹空いています」

の私の声に早々と用意されたのは、グラタン風のひと皿、鉄板から溢れるほどのチーズがまた食欲を唆《そそ》る。

「いただきます」

美味しい……っと、オーナーのお顔を直視した。

「次はビールをいきますか」

熱燗に体が癒やされたところで、熱い鉄板にはやっぱりビールだ。大瓶が用意された。

私は、居酒屋で「中ですか、大ですか」と聞かれることが嫌いなのである。

なんと気遣いのできるオーナーさん。もう大変気に入りました。

「刺身のお酒は、もう少し辛口をね」

とお願いしようとしていた矢先、

「お客さん、次のお酒は私も大好きな、ちょっと辛口で地場の新酒を召し上がってください」

とは、なんとも心遣いのお言葉だ。

やっと我に返るように店内を振り返ると、ライトアップされて行き届いたガーデンを見ながら、皆さんお酒を、食事を、楽しんでおられる。子供たちと一緒のファミリーもあってなかなか素敵なお店である。

カウンターは私の独り占め……と思っていた矢先、お二人が入ってこられて、「失礼します」と声がけされた。マナーのあるお客さまが多いお店のよう……。

お寿司屋さんに負けないほどのこのカウンターを、パートナーに説明して着席された。オーナーは、私に向けてくれていたと同じ満面の笑みで、お心の籠ったお話がまた展開されていた。
働く従業員さんも、楚々《そそ》としながら的確に動く徹底ぶりに感銘を受ける。
近い日に、私の気難しい亭主の顔を、こちらでほぐしてやろうと考えている。

私の気に入っているところ

大自然のなか
お喋《しゃべ》りできたら　良いのにね

川の面《おもて》で水に触れ、葦《あし》の原っぱで餌をついばむ。飛び交う虫たちもただ負けじと飛び交わすさまは、「つばめ」とて「カラス」とて、繰り返される日々においては、まさしく生存競争だ。今日も、食うか食われるかの厳しい戦いが展開されている。

「しんどいね」って労《ねぎら》いながら、私はここで癒やされる。

京阪本線淀屋橋駅から、終着出町柳駅までのほぼ中間にある中書島《ちゅうしょじま》駅の南に、宇治川が川幅広く東西に蛇行しながらゆったりと流れている。春と秋は十石舟や三十石船が浮かび、情緒豊かに京都の風情に馴染《なじ》んでいる。また毎年三月末には、三万羽のつばめが一勢にやって来る。それはそれは見事な群れで、圧巻だ。「おかえり、待っていたわ」の私の笑顔を横目に、頭上を旋回し、春の陽射しを求めて大きな樹林に吸い込まれて行く。

どんな話し合いが持たれるのか、幾日かの集団生活のあと、私の家にもやって来る。

陽だまりの散歩道であり、川の流れに暖かな春を感じ堤防に腰を下ろす。すると突然、近鉄電車が橋梁を走る。虫たちをついばむことに耳慣れているであろう野鳥でさえ、一斉に驚く様子がうかがえるのである。私も、鉄橋を走る電車の耳をつんざく音には、たびたび閉口させられる。

それは日本初の長大ワンスパンのトラス鉄橋で、昭和三年にアメリカの鋼材と技術で造られたそうだ。当時、淀川に通じるこの川で、旧陸軍工兵隊が川を渡る渡河訓練を行っていたとのことで、支え柱のない橋となり、国の登録有形文化財にもなっている。

走る電車のない時は、広大な空に浮かぶ鉄橋に、ロマンを運ぶ「路《みち》」を感じ、自慢をしている自分に気づく。大好きな風景である。

「さあ、一緒に帰ろうか。私の家の巣に帰るのはどのつばめちゃん？　チイちゃんもいる？」

すっかり大きく成長したつばめたちの中から、チイちゃんを見つけることは難しい。

大変だったよね。卵を抱き七匹のヒナを二度も孵《かえ》し、親鳥は交互に一生懸命餌を運ぶ。一日に数百匹もの小さな虫を食べながら、ヒナにも与える。巣の中で大きく成長していくヒナは、兄弟ですらライバルだ。餌にもありつけず、力関係に大きく左右され、巣から落とされるのもいる。

「チイちゃんは二度も落とされた。餌もなかなか与えられず、か弱く小さくうずくまっていたよね。だからチイちゃんと名前を付けた」

それでも頑張って飛び立つ練習をしていた。

さあ、飛び立つ日が来た。生まれ育った巣を離れ、親鳥たちが一斉にやって来た場所で集団生活が始まる。遠い国に飛び立つ訓練らしい。

もうしばらく私の家に居ればいいのに……と思う八月の暑い日、私は堤防に出向いた。いる、いる、いる。「頑張って飛ぶのよー」と励ましながら、祈る想いである。

フィリピン、ベトナム、マレーシアにまで及ぶ大海を飛び続ける群れの無事を祈るが、生存率は五十パーセントという。

「いってらっしゃい。来年またここで」

ストップ、そんな……

「女の子、産んでしもうたわ」

「わたし、女の子、産みとうなかった。『男や』って言うから……」

昭和中期、お腹の赤ちゃんの鼓動や別の方法ででも、識別や産み分けはできない。勲は満面の笑みで、佐代に話しかけていた。

「ありがとう……ご苦労さま。僕は、女の子が嬉しいよ」

わがままで思いどおりにいかない時は、そばにあるものすべてを投げる佐代の性格を知って、勲は静かに話しかけていた。

「まずこの子、可愛いない。女の子はこれでは困るわ。色黒やし……」

佐代は美人。面長のお顔に綺麗な瞳、すうっとなだらかな鼻は高すぎず低すぎず、また口元が愛らしく色白で、腰は両手の指でくるっと合わせると、ぴたっとくっつくほど細かった。「やなぎ腰」というらしい。

生まれた女児を見て、

「僕にそっくりや。ありがとう」

勲は、長身、色黒、目は細くて小鼻は開き、骨太。決して美男子ではないが、心根がよく、良い男である。

女児は「幸世《ゆきよ》」と名付けられ、二人は父母となった。

「両手に華や」

勲は以前にも増して仕事に励み、外国語を学び、「妻と子を世界一幸せにする」と心に決めていた。

世情は、万博から鰻登《うなぎのぼ》りのなか、研究に伴う実践に開発、勲の能力に感嘆する業界から、彼の引き抜き合戦が、静かに起こっていた。

幸せに次ぐ幸せ、そして二人目は男児出産。

「佐代、ありがとう、よく頑張ってくれたね」

可愛い男児であった。満足げな佐代は、やっと綺麗な笑みを浮かべ、二児の母の誇りが輝くようであった。

幸世も嬉しく、可愛い弟を自慢しながら、

「私への負担が軽くなった気持ちだった」と述懐する。

二人は、すくすくと成長し、負けず嫌いな母と、努力、努力で頭角を現す父の良い面を引き継いだ二人は、「佐代さんのお子」として、高く評価されていた。

そんな理想の家庭をまたしても作ってくれた佐代に勲は感謝し、仕事に励んでいた。

勲の引き抜き合戦は、勲の意志で、ハワイ在住に決着をみた。

佐代は「わたしは行かない」を繰り返していた。幸世は十一歳、弟の崇《たかし》は九歳。

「みんなで行こう」と幸世は繰り返していた。

佐代は、「崇だけ置いといて」と願った。が、

「さあ、行こう。これからは日本だけではない。大きく地球全体を見て行動しなければ」

幸世も崇も、お父さんの考えが大好きである。

崇は何をさせても一番。クラス、学校、全国考査、運動会、生徒会、「崇一番」と崇の名前が出ない考査、競技は皆無だった。

佐代は、いつも鼻高々、

「幸世はなかなか叶えてくれないけれど、崇はわたしの子」

と辺り構わず自慢する。

幸世は心で「ごめんね」を繰り返すが、弟の崇が大好きである。大きな心はお父さん譲りなのであろう、幸せなファミリーが構築されていた。

揃《そろ》ってハワイでの生活。佐代を除く三人は、言葉も早くに覚え、学校に打ち解けるのも早く見事であった。

勲は、周囲になかなか馴染めない佐代に心を痛めていたが、ハワイでの学校、サークルに参加させ、やっと佐代の「日本人の美貌」を売り物に、プライドも保て、十年の月日が流れた。

勲はこの地でも頭角を現し、次はオーストラリアでの開発を周りは望み、本人に依頼していた。勲も子供たちに話しＯＫを得ていた矢先、勲は肝臓癌《がん》の診断を受け、わずか三か月でこの世を去った。

呆気《あっけ》に取られ呆然《ぼうぜん》とする佐代に、幸世は優しく、大学も中退して収入の道をつけていた。「ママ、頑張って」「私はいつもママと一緒だからね」と励ました。崇は、父親の雇用先が、崇の大学卒業後は「我が社で」と採用の約束をしてきた。同じ血が流れているとはいえ、勲の貢献には、すごいものがあったのである。

ただ崇は、大学生になるや結婚を希望し、美人のアメリカ人を妻にした。日本とアメリカを代表する美人の二人に囲まれ幸世は嬉しかったが、佐代は面白くなかった。

嫁のマリーが時折、堪能な英語で、佐代を罵倒するのである。涙ぐむ母を幸世はいつも優しく庇《かば》い、佐代の心の晴れ間を見るまで慰めるのであった。

突然佐代は、幸世に「日本に二人で帰ろうか」と切り出す。幸世は多少の予期はしていたものの、「崇と離れていいの?」と尋ねた。

「崇にはマリーがいる。わたしはやっぱり日本で暮らしたい。幸世と日本で暮らしたい。わたしは、女の子を産んでおいて良かったわ……」

初夢

さすがに師走、デパートは朝から賑《にぎ》わっている。一段と彩られている店内を、エスカレーターで改めて見てみることにした。楽しいなあ、嬉しいなあ。やっぱり私の願いは、この百貨店を丸ごと買うことだ。

亭主に「百貨店を買いたい」と頼んでみる。

「ほう、いいねえ。百貨店が全部俺たちのものになるのかい。悪くないね」

と快諾してくれた。

売買決済も済ませ、我が家に運ばれてきた品々はしっかり梱包《こんぽう》され、すぐ家はいっぱいになった。私はすぐに飾り始めた。部屋は小物が少しだけであったのに、調度品など賑々しく、亭主も子供たちも大喜び。センスも磨かれるであろう。

でもただごとではない。服も靴もバッグもいっぱい。各部屋の収納は梱包されたまま詰め込まれた。

そして困ったのは生鮮食料品。時間の経過で腐りかけてきた。あれもこれも食べなければ……あんなにいつも美味しく食べ尽くしていたのに……今は食べなければの責任が苦しく動く。

出かける前もやっと服は決まったが、靴もバッグも多すぎて……楽しいけれど苦しい。落ち着いて、落ち着いてともう一人の自分が励ます。

和風の佇《たたず》まいの庭は、一挙に子供たちの公園になった。大きな模型の動物たち、ブランコ、滑り台、クライミングと、学校のお友達で終日賑やかなこと。

毎日家でお絵かきとテレビに夢中だった子らも、学校から帰るや否や体操服のままやってきて遊ぶこと、遊ぶこと。楽しくて仕方のない様子に私も嬉しい。

ただ、求めた百貨店跡地は、早くもホテルを建設。我が家は景観条例の規制地域に入っていて建て直しもおぼつかない。

かなりの焦燥感に追いやられてきた。私たちには思慮の足りない買い物だったよう……。

フッと気づくと私の体は汗でびっしょり……。

嬉しい想い、苦しい想いの数々は、夢のまた夢。

全くの初夢であった。

口下手

「さと子には、賢い子になってほしくて聡子という名を付けたのにね」

母の声だ。

「顔はまあまあ、そのうち可愛くなるやろうと思うとったけれど、生まれた時のまんまや。おまけに喋りだしたら口下手で……」

聡子は父と母、二人の酒の肴《さかな》になっている。

志望大学失敗の、私への面当てだ。本当につらいのは、この私なのに。

「あっ、割れた」

茶碗に鮮血が流れ、指先を纏《まと》い、瞬く間に小さな血の海になっていく。

「またこの子、お茶碗割って！」

母は、聡子の手には目もくれず、割れた茶碗に名残をかけて、

「何をさせてもこの始末。これでは嫁にもいけへんで」と叱り飛ばしてくる。

聡子も負けじと、

「今どき、食器洗い機使うのに、うちはまだ手洗いやし」と血の流れる指を口に含み、薬箱を漁《あさ》っている。

父母は、二番目に生まれてくる子に、男なら「聡」、女の子なら「聡子」と決めていたという。とにかく賢い子であらねばならぬという父母の願いに閉口するばかり……おまけに口下手。

強く優しい聡子自身は、心の表現に言葉があることは判《わか》っているのに、口から出る時が、まずい。気持ちが相手に通じず、怒らせてしまうこともたびたびである。

兄、悟《さとる》のご帰還のようである。

「就職決定ー」と大声で入ってきた。

「えっ、あの大会社？」

父母は飛び上がらんばかり。「仕事は営業」と伝えている。

「そうか、営業は会社の玄関やからな」

満面笑顔の父母は、

「悟は、臨機応変、上手に喋れるしな」と聡子をチラッと見て、悟を褒めている。

あーあ……口下手は人の後ろにばっかりついて人生を送らなあかんのやろか。

自室に戻り、綺麗なグラビアをバラッとめくる……心でも磨くとしようか。

といっても何から？　第二志望の大学はお金もかかるし、親に負担をかける。

バイトで頑張り、何かを見つけるより他はない。学校では友人と多く喋り、バイトでは接客業を選ぼうか……笑顔も綺麗な方がいいいな。

「生まれたままの顔で大きくなってる」と父は言っていた。グラビアに「顔は自分で作り変えられる」……と載っていたが、どうすればそうなるの？

＊

「朝霧聡子氏を迎えて」

ホテルの会場、今日の講演の表題は、

『閉じこもりからの脱却、口下手も越えられたかナ？　の今』

入場者は老若男女で満席、中高生もいる。

聡子は、年月とともにここまで来た。

父母の言葉をバネに、「ありのままでいいのだよ」と言ってくれる亭主の包容力を栄養に力を注ぐ。

そして、子供たちからも力をもらい、学校、サークル活動などで悩み多い時代に応える集いとの呼びかけをし、全国に自らを見てもらい、その頃の涙と心の葛藤、そして究極の言葉の錬磨と実践、磨かれた心を語れる聡子本人が、口下手から人の心を打つお話をするに至った源を伝授するまでに成長できたのである。

観相学のおかげ

「へえ……どんな人相の人なん？」

　この日を選び、淑子は大切な人のことを両親に打ち明けようと口火を切った。

　なのにいきなり人相って……唐突な会話の始まりに、びっくりした。もっと感動、感嘆などで、始まりが欲しいとは思うものの、話を静かに進展させようと努力することにした……。


　やっと昨日、「君をお嫁さんにしたい」と告げられた。

　すごく永ーく心待ちにしていた彼からの告白。望んで望んで、五年を経ていた。

　職場の皆も、温かい眼差しで見てくれている。

彼は、東京本社勤務、出張先が大阪支社。私の職場である。休日は、ゴルフに同行。平日は、時間を見つけては史学を語り、コンサートにも出かけた。意気が合い、年齢も同期、喧嘩など全くなく、お互いを尊敬しながら歩みを重ねてきたと豪語できる。


「小鼻は左右に張っているか？」

「顔は丸顔？　頭は丸い？　耳の形は？」

「鼻の形は段鼻ではない？　鼻の下の人中、法令線は？　鼻筋は通っているか？」

「目は澄んでいるか？　奥に引っ込んではいないか？　垂れていないか？　瞼は一重？　二重？　目尻は上がっているかい？」

「眉は濃い？　目と眉の間に皺があるか？」

「おでこは、出ている？　引っ込んでいる？」

「顎が、尖っている人は、孤独の相だよ」

「顎は、張っているかい？」

「口は大きい？　唇は厚い？　薄い？　紅く艶があるかい？」

「声は大きいか？」

「笑うと歯ぐきが出るか？　目尻が下がる？」

矢継ぎ早の質問に少々閉口しながら、彼の顔が私の頭の中を埋め、笑顔で即答する自分に少々びっくりしていた。もっと他にも聞くことといっぱいあるだろうに、側で母は、一語一句聞き逃すまいと大きく頷きながら、笑顔を絶やさない。淑子は、

「お父さん、もっと彼の年齢とか、出身とか、学校とか、これからの希望とか、いっぱい聞くことあるのと違う？」

よく聞いてみると、父母は今、観相学の研究で学校に通っているという。

「写真を見たいと言えば良いのに」

「写真は所詮写真さ」

「それで、一体彼は、どうなの？」

「合格！」

父の大きな声が大きく響いた。

「有難う、嬉しい」

聞けば、「人相」は人間形成の全てを語ってくれている看板であり、健康状態も心身の状態も伝えている……らしい。

「会わなくていいの？」

「今、会ったではないか！」

「え？　ええっ！」

「彼は淑子を幸せにして、周りにも気配り抜群。社会では出世の男。良い彼に出会えたね。最高の人相だよ、最高の人格者だ」

窓はいたずら、いつも心のままを

「もう駆けてこないで」

「『さよなら』なのに……ごめんね」

新幹線の窓は、完全に彼と私を遮断し、さらに引き裂こうとしていた。

彼は容赦なく手を差しのべ、窓に握り拳をぶち当てた……。

「危ない！」

私は叫んで、彼の手は、放たれた。そして足早に追ってくる足音は、風速に掻《か》き消された。

三十年前のことである。

今もトンネルに入った新幹線、窓の外は真っ黒なのに、彼は駆けてくる。長身の彼は、長い脚で大股で。私の心はいつも彼を追っている。

想いは増幅し、バスに乗っても、電車に乗っても、外を眺める窓には彼がいる。

私が一人っ子ゆえに、「お嫁においで」の夢は叶わず、実家で暮らす父と母の元で過ごせる人を選ばなければならなかった。


時は流れて娘のご帰還――。

「パパ、ママ、私結婚する。相手は福岡の人。お互い一人っ子なんだけれど……。ごめんね、私は彼のいる福岡に行く。ただし、名字は夫婦別姓でいこうと彼は言っている。子供はたくさん産むつもりだから、私のいない間は少し寂しいけれど、すぐ孫で賑わせるから」と淡々と報告された。

「相手のご両親とパパとママの面倒を見る私たちは、二人で四人を大切にする。そうそう、あちらのお父さんに私からご挨拶したの。『大阪堺市に住んでいます真田絢《あや》です』と。そうしたら、なぜか『え、えっ』と言ってらした。空耳だったかもしれないけれど……」
娘はそう伝えるが早いか飛び出して行った。
置かれた写真を見ると、「えっ、昔の彼とそっくり！　良いお父さんになって
おられて……」と涙する。
「もう泣いているのかい。ちょっと辛抱すれば孫が来ると言っていたではないか。
古臭いことを考えてくよくよせず、子供は子供の人生だよ」と夫は淡々と話しか
けてくる。私もそう思っている。
窓に映る私の涙目の顔に、また彼が私を追ってくる姿が重なる。だがそこに映
った背景には、優しい現在の生活がある。外はぼんやりとした夕暮れ。雨も上が
って、涙する私のほおを夕陽が照らしてきた。どこかで止まっていたであろう雨
の雫《しずく》がすっと二筋、窓辺を伝って消えた。
窓はいたずら。いつも心のままを――。

ちから

すべての生物がそうであるように、生命《いのち》が宿り、産道を経て、社会という大海
に放り出されて、力を振り絞る。

必ず底辺にあるものは、抵抗（ちから）……。

　尊いとはいえど、しんどいな。
楽しいとはいえど、苦しいな。

小さな抵抗をいつも抱えて、喜びに変えている毎日がある。気づかずにいる間も。

小さな芋の蔓《つる》の先が行き場を探している。

「こっちへおいで」と古竹をそばに立てる。

「いや」と、宙吊《づ》りになっても竹にはそっぽを向く。それなら「木」でと、まあるく細い木を差し向けても、それも嫌。結局自分で見つけてブロックの石目に縋《すが》り付く……。

ただ抵抗はまだ続いて、「ここへおいで」と風に靡《なび》く大きなアボカドの葉っぱに近づき、悠々と蔓は巻き、支え合っている。一か所のみならず、数か所も……。アボカドは抵抗せずに、されるがままに蔓を許している。

久しぶりの帰省だ。

「えっ、住宅が建っている。私の小学校時代の答案がいっぱい埋めてあるというのに」

百点満点を好む母は、足りない点数に向かって叱り飛ばすのに、私は精一杯の抵抗をしていたが、しかし……。

やっと通学路の畑にお世話になることにした。できるだけ深く掘ろうとおじさんに借りるスコップは、大きく、重たかった。おじさんは、頑張る私を、じっと見てくれていた。

小学校時代の苦手な体育の時間。鉄棒にぶら下がってはいるものの、どんなに頑張っても胸や腹まで届かない。運動神経の鈍さに加えて、腕の力が足りない。要領の悪さも手伝っている。

冬の朝、近くの公園で母の指導を受ける。母への抵抗はもはやなく、ただ冷たく光る鉄棒は、夜中の霜にまとわれ、鈍く映る太陽だけが「頑張れよ」と背中を押してくれていた。

まだ私を探しに来ない……。

六十年も前のこと、社会人二年生の私は、十歳くらい年上の男性から、何度もプロポーズを受けていた。「もっともっと社会人でいたい」と抵抗する私に、毎年五月になると十枚くらいのラブレターが届く。

職場も変わり、忘れそうな五月、また来た手紙に「私、来月結婚します」と書いた。

「君の幸せを見届けて、老後には必ず迎えたい。迎えに行く！」

どうやって探すんやろう、私のこと？

周りの友人との音信も途絶えた。テレビで呼びかけるのかな……とほくそ笑んだ。

若く幼かった私の必死の抵抗は、今では茶の間の笑い話になっている。

きっと彼は五月病だったのだろう……と。

栄華の夢を追う

親しい友人が課長に昇進したという。

五十二歳、美人。独身の一人暮らし。

趣味、ゴルフ。自宅マンションはローン完済。

大企業を転々としながらも、今も一部上場住宅会社の営業ウーマンである。

「お酒を飲もうね」と約束して三年が経つ。別の友人を介して彼女の昇進を知った。転職からまだ六年なのに、出世コースにはや乗っかっている。

早速お祝いの計画に、彼女を含めて五人の呑《の》み友達がいる。聞けばみんなガヤガヤとうるさそう。そんな集いに、年長の私がサプライズで登場する。まあ面白そうと乗っかることにした。

当日私は、みんなの集合の七時より三十分遅れて、彼女の前に現れる目算である。彼女は私を見てどんな顔をするだろう。

「ギャー」「えっ⁉」「どうしてここへ」

いろいろ想像しながら楽しくて仕方がない。その時私はお澄まし顔が良いの？……など楽しい想像だ。

しかし現実は、彼女も三十分の遅刻で出現するものだから、「まあ、お久しぶり」なんて、せっかくのサプライズ計画は水泡に帰した。

「かんぱーい」がもどかしく、「祝杯はうまいねエ」「美味しい」「最高」と、一気だ。

一人が「課長、この辺りでご挨拶を」と促す。

「おかげさまで毎日が充実しております。仕事はしっかりと頑張り、評価を受けているつもりです」

そこで「何より」の声が飛ぶ。

「ただ、私も世間や親たちに安心をしてもらわねばと、昨年は結婚を考えておりました」

「ええっ」「おおっ」

とやかましい。

「いつもこちらへ来られているんですね、読書がお好きですね」と声がけしてきた男性は長身、スマートに着こなした背広姿に綺麗な笑顔、真っ白な歯が光っていた。聞けば東大卒のエンジニア。会社名は言わない。四十歳独身、酒はワインか日本酒という。

「お付き合いくださいませんか」と執拗《しつよう》に迫る。賭け事はしないが海釣りにはよく行く。が、誠に魚は俺を嫌っているようだ……と笑わせる。休みは図書館に出向くらしい。

「彼女はいらっしゃらないのですか」に「特定の方はいない」と言われる。

モテないはずはないと不審は募るが、居酒屋出発でお酒が入れば歌も上手い。楽しい会話で、博学とはこのような方をいうのであろうと、私の胸が傾きかけていることを知る。

週一回の割で出会いは重なり、三か月を経た頃に「将来結婚を考えて良いか」と尋ねてくる。

「酔っているでしょう」

「酔っていますが、酔っていないと切り出せない」

とも言う。

しばらくして、ＬＩＮＥに「研究材料を入手したく三百万必要だ。もちろん利息をつけて返済する。期限は一年」と入る。

数日後、新聞の隅っこに彼の顔があり、多くの女性が被害に遭ったと書いてある。

「よかったねえ、被害者にならなくて。この件こそ本当のお祝いだ」と皆が叫ぶ。祝い酒は祝いの二重奏を奏で、年増の彼女は決まりは悪いが夢から覚めたようで、何よりだ。

永うぼちぼち歩みましょ

「出てしもうたわ」

　伝えられるより、私の鼻には先に伝わっている。普段はほとんど、おしっこ、うんこが出てしまったことに気がつかないのに、今、出たことを察知している。

「えっ、またー⁉　今さっき、おしめを新しく取り替えたばっかりやん」と大声で叫んでしまう。

「まあ、よかったよかった。出えへんかったら、もっと困るとこや」

　本音はそこなのに、つい愚痴になる。

　亭主の申し訳なさそうな顔がそこにある。亭主は、直腸癌、前立腺癌の手術に加え、糖尿病も抱えており、「足が腫れてきた」「目が見えにくうなった」「くらくらする」……そして、骨折に至ってしまったのである。

四か月の入院生活を経て、骨折完治を告げられた日、入院の延長か自宅での療養かと、二者択一を余儀なくされたのであった。

「家に帰りたい、タバコが吸いたい」

亭主の一言で、私は慌てた。排泄《はいせつ》や入浴の介助、糖尿病のための食事管理など、到底無理だと思われたが、来訪の看護師やヘルパーさん、理学療法士の力を借り、多くをこなしながら日々を楽しめるまでになった。

八十四歳と八十一歳の私たちは、五十八年も共に歩みを重ねてきた。

二十三歳だった私は、結婚候補者の中で、骨太で肩幅広く、顔のつくりが濃く、温かいムードのこの亭主を夫に選んだ。母子家庭に育った私は、知らず知らずのうちに「父」の残像を追っていたのかもしれない。

「九州男児だよねー」は褒め言葉だと思い、すっかり甘えて寄り添いもたれて過ごせるものだと思っていたが、大間違いだった。

亭主の実家は、大分県の山奥にあり、義母・叔母・義妹が日常生活のほとんどをその肩に背負い、農業に始まり、衣食住を賄う。

片や男性は殿方として、甲斐甲斐《かいがい》しく働く女性を垣間《かいま》見ながら、酒に浸る日々を重ねていたという。その側で育った亭主も、女は働くものと解釈しており、随分びっくりしたものであった。

「私の亭主は九州男児」と言えば、必ず「大変だったねー」と返ってくる。九州出身の夫を持つ友人たちの遭遇した内容に大差はなく、

「九州男児の講演ならいつでもオーケーですよ」と言えるほどだが、今はもうすでに死語になっている。


金時豆に目のない亭主のために、今日も甘さを控えて……とは思うが、一口目

の口に含んだ顔を思うたび、砂糖を加えてしまう。ずっと遠い昔、なかなか起きてこない亭主のために、好物を整えて「金時豆を煮てあるよ」と言うが早いか、すっと起きてくるのである。甘い金時豆を食べ続けて、糖尿病になったのではと、苦しい懸念も抱いてしまうが、当時の処世術であったことに違いはない。

今は、足も腰もかなり弱ってしまって、歩くことすら危なっかしいのに、今晩も美味しいものを求めて、広告を見るのに余念のない夫婦である。

「散歩に行くよー」と亭主から声がかかる。

「はーい」

電動カートの後ろから、私はずっと自転車で見守り続ける。

暖かな日差しの空の下、「平穏」「感謝」の文字がくっきりと浮かぶ。

おしっこ、うんこが出てしまっても、出なくて苦しむよりずっと良い。亭主もいないより、いてくれる方がずっと良い。

田舎の冬は長い。

「暖かくなったら田舎へ行こうね」は、亭主を笑顔に変える。

「母ちゃん、まだかまだかと待ってはる……」

もう一つの笑顔を呼ぶ一言になる。

当時、田舎の女性は、煙草を吸う楽しみがあったようだ。〝母ちゃん〟の墓前で、亭主は自分のポケットから一本を口にくわえ、火がつくと、墓石の横の土に埋めるように立てるのである。母は息子の吸った煙草をゆっくりと感じ、穏やかな日差しの日も、激しい強風の日も、煙はゆったりと燻りながら、いつも真っすぐに立ち昇るのである。

母と子の対話が多く刻まれてのことであろうな……と毎回思う。


何度かベッドから滑り落ち、また骨折か？　と駆け寄る一日一日。視力低下と闘いながら、レーザー治療を受けている。

介護する私の方も、精神力、筋力が低下するなか、毎日頑張っている。

食事が最高だと喜ぶ。

亭主の、「うまい！」の笑顔が嬉しく、夕食には二時間をかける。

「結構、気い遣っててんねんで」とは言葉にしないけれど、どうぞこんな平和な日が、なごう続いてくれますように。

八十一歳で　今やっと小学三年生（あとがきにかえて）

文章創作には興味がありましたが、五十二年間の会社経営で本に接する時間がないまま時が流れてしまいました。今は亭主と二人の老老介護生活中です。「多くの本に出会い、練磨されなければ」を目標とし、毎日を楽しみに歩んでおります。

うまく時を過ごすことができれば、九十歳でもう一度発刊と考え、十年の歩みを見ていただきたいな、など野望は尽きません。

表紙絵は孫、長男の娘が描いてくれました。とっても嬉しいです。

十年後の表紙絵は長女の娘にと願い、心の中で約束して緊張しています。

大笑いですが幸せです。どうぞ永くお付き合いくださいませ。

佐名田　さな

著者プロフィール

佐名田 さな（さなだ さな）

1942年生まれ
大阪市出身、京都市在住
建築士
心斎橋大学に在籍中

本文イラスト／佐名田あゆ

永《なご》うぼちぼち歩みましょ

2024年10月15日　初版第１刷発行

著　者　佐名田 さな
発行者　瓜谷 綱延
発行所　株式会社文芸社
〒160-0022　東京都新宿区新宿1－10－1
電話　03-5369-3060（代表）
03-5369-2299（販売）

印刷所　株式会社エーヴィスシステムズ

Ⓒ SANADA Sana 2024 Printed in Japan
乱丁本・落丁本はお手数ですが小社販売部宛にお送りください。

送料小社負担にてお取り替えいたします。

本書の一部、あるいは全部を無断で複写・複製・転載・放映、データ配信することは、法律で認められた場合を除き、著作権の侵害となります。

ISBN978-4-286-24866-0